LE CROQUE-PIRATE

Terre Minator

Saint-André

Clairmont

Monti

Saint-Dav

Port
intérieur

Port-Royal

Baie du Taureau

Baie de la Vache

Baie des Violons

Cap Vermine

Cap Croquant

Baie de la Demi-Lune

Dunes du Scorbut

Baie du Singe

Baie de la Baleine

Cap Embrumé

Pointe au Lièvre

Cap Poisson

Baie du Pic

TRÉSOR
à l'horizon!

Haaa! Grrrr!

Y a d'la houle

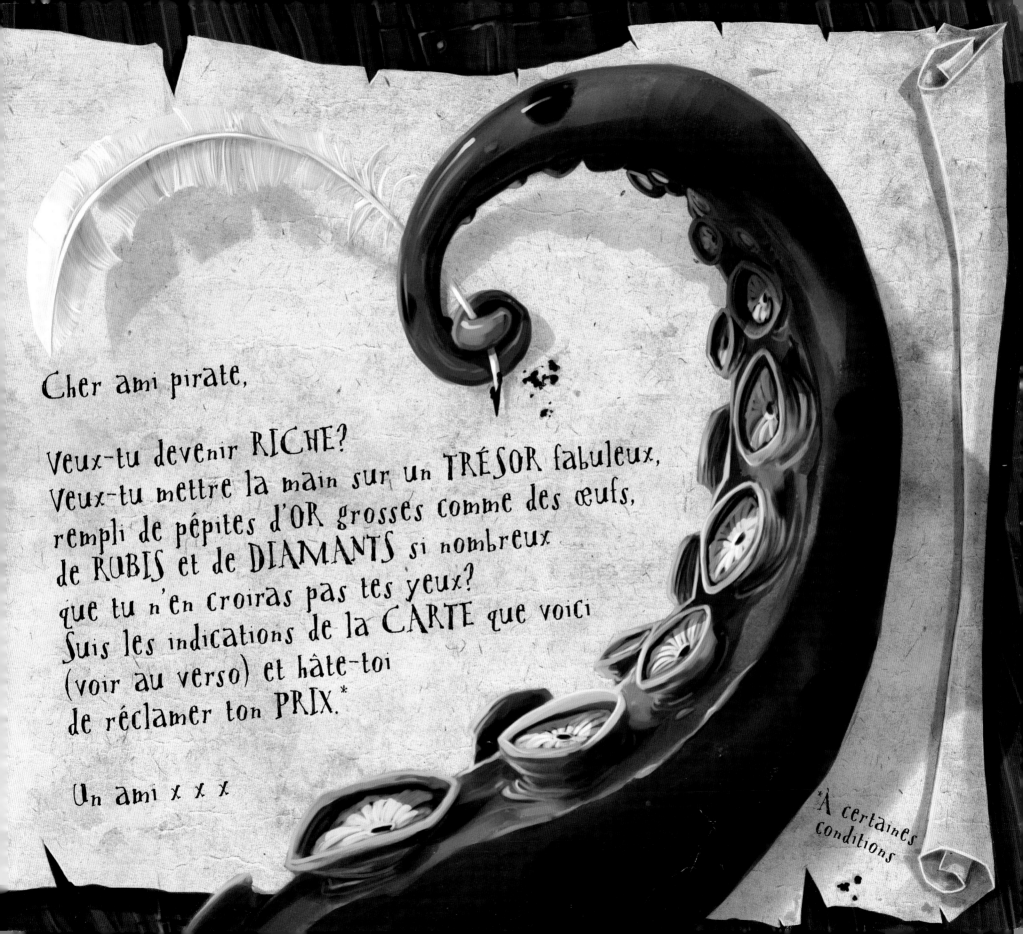

Cher ami pirate,

Veux-tu devenir RICHE?
Veux-tu mettre la main sur un TRÉSOR fabuleux,
rempli de pépites d'OR grosses comme des œufs,
de RUBIS et de DIAMANTS si nombreux
que tu n'en croiras pas tes yeux?
Suis les indications de la CARTE que voici
(voir au verso) et hâte-toi
de réclamer ton PRIX.*

Un ami x x x

*À certaines conditions

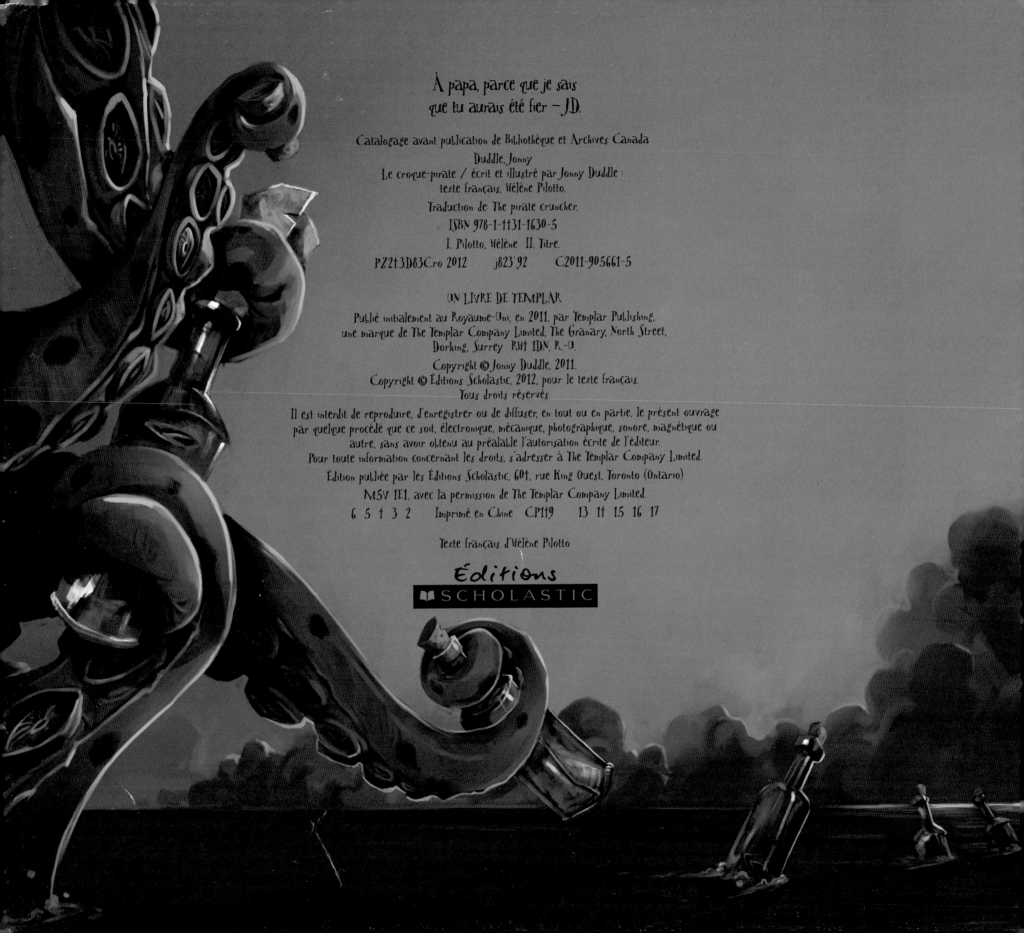

À papa, parce que je sais
que tu aurais été fier — J.D.

Catalogage avant publication de Bibliothèque et Archives Canada

Duddle, Jonny
Le croque-pirate / écrit et illustré par Jonny Duddle ;
texte français, Hélène Pilotto.

Traduction de: The pirate cruncher.
ISBN 978-1-4431-1630-5
I. Pilotto, Hélène. II. Titre.

PZ24.3.D83Cro 2012   j823'.92   C2011-905661-5

UN LIVRE DE TEMPLAR

Publié initialement au Royaume-Uni, en 2011, par Templar Publishing,
une marque de The Templar Company Limited, The Granary, North Street,
Dorking, Surrey RH4 1DN, R.-U.

Copyright © Jonny Duddle, 2011.
Copyright © Éditions Scholastic, 2012, pour le texte français.
Tous droits réservés.

Édition publiée par les Éditions Scholastic, 604, rue King Ouest, Toronto (Ontario)
M5V 1E1, avec la permission de The Templar Company Limited.

6 5 4 3 2   Imprimé en Chine   CP119   13 14 15 16 17

Texte français d'Hélène Pilotto

Éditions
SCHOLASTIC

Tout est étrangement calme
à Port-Royal, ce soir...

Mais en tendant l'oreille, on entend dans le noir

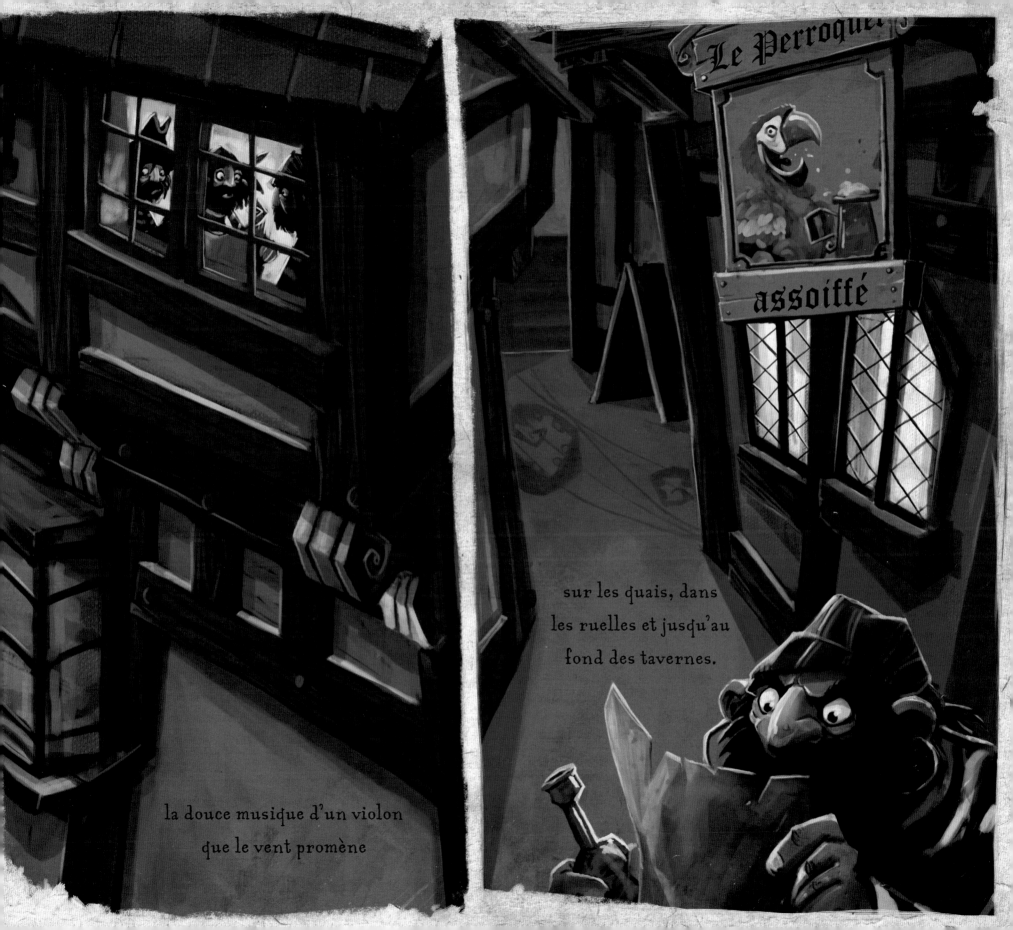

Le Perroquet assoiffé

sur les quais, dans
les ruelles et jusqu'au
fond des tavernes.

la douce musique d'un violon
que le vent promène

Un violoneux ridé paraît devant l'auberge
du Perroquet assoiffé. Tout en jouant,
il se met à chanter :

— UN BEAU JOUR, ALORS QUE JE VOGUAIS
SUR UN BATEAU,
J'AI VU UNE ÎLE COUVERTE D'OR, SEULE
AU MILIEU DES FLOTS!
TAM-DILI-DAM, CE TRÉSOR N'ATTEND QUE MOI!
TAM-DILI-DAM, JE SERAI RICHE
COMME UN ROI!

L'ignoble capitaine Barbemauve
dresse l'oreille à ces paroles.
Il pose sa bière, s'essuie les lèvres
et crie par la fenêtre...

Au grand plaisir du capitaine, le violoneux répond :

— J'AI TRACÉ UNE CARTE DURANT LE TRAJET DU RETOUR,
AFIN DE POUVOIR Y RETOURNER UN JOUR.
VOUS N'IMAGINEZ PAS TOUTES LES MERVEILLES
QUE CONTIENT CE TRÉSOR
SANS PAREIL!

Ha-HaaRR!

— J'imagine une CARGAISON
de trésors, rugit le capitaine
Barbemauve. Des diamants,
des rubis et de l'or, beaucoup d'or…

Le violoneux déroule sa carte
en chantant :

— CONDUISEZ-MOI LÀ-BAS ET JE VOUS
MONTRERAI L'ENDROIT.
UN TRÉSOR AUSSI GROS, C'EST CHOSE RARE.
CHACUN DE NOUS AURA
SA PART!

Le capitaine sourit et s'écrie :

— Ce butin est pour nous, mille tonnerres, ou je ne suis pas le capitaine Barbemauve d'Angleterre! Videz vos verres, garnements : nous mettons les voiles IMMÉDIATEMENT!

HOURRA!

TOUS À BORD, MES AMIS!

*L*e soleil se lève à peine quand le capitaine Barbemauve et son équipage de durs-à-cuire montent à bord du TROU NOIR, leur navire. Dansant et chantant, le violoneux les suit sans ralentir :

— ON DIT QUE TROUVER L'ÎLE DEMANDE VITESSE ET AUDACE, CAR ELLE APPARAÎT ET DISPARAÎT, COMME DANS UN TOUR DE PASSE-PASSE! TOUS CEUX QUI ONT TENTÉ D'ACCOSTER SUR SON SOL MOUVANT N'ONT JAMAIS, AU GRAND JAMAIS, ÉTÉ REVUS VIVANTS.

— BALIVERNES! se moque le capitaine.

Ils quittent le port et mettent le cap vers le large.
Pendant le déjeuner, le violoneux se remet à chanter :

— J'AI OUBLIÉ DE VOUS MENTIONNER UN PETIT DÉTAIL HIER...
ON RACONTE QU'UN MONSTRE VIT DANS CETTE MER.
IL AIME BIEN MANGER LES PIRATES QUI ESSAIENT
DE LUI VOLER SON TRÉSOR. QUANT À LEUR BATEAU,
EH BIEN... IL LE DÉVORE.

— Tais-toi, vieux LOUP DE MER! beugle le capitaine.
Je n'ai pas peur de ton monstre, IMAGINAIRE ou VIVANT.
Je suis le capitaine Barbemauve,
la TERREUR DES OCÉANS!

Ce à quoi le violoneux répond :

— OH, MOI NON PLUS,
JE N'EN AI PAS PEUR...

QUOIQU'IL NE FAUT PAS
SOUS-ESTIMER SA GROSSEUR.

E BROCHETTE DE PIRATES,

C'EST SON METS PRÉFÉRÉ.

AVEC SES MÂCHOIRES PUISSANTES,
IL AVALE UN NAVIRE TOUT ENTIER.
(SAUF LES ARAS, SURTOUT LES ROUGES :
IL NE LES DIGÈRE PAS.)

IL Y A DES RUBIS ET DES DIAMANTS
GROS COMME DES BALLONS,
DES PIÈCES D'ARGENT ET MÊME
DES DOUBLONS. METTEZ DONC
VITE LE GRAPPIN DESSUS AVANT
QUE LA BÊTE VOUS AVALE TOUT CRUS!
À PRÉSENT, MOUSSAILLONS,
HISSEZ LES VOILES ET PARTONS!

Les matelots sont
silencieux.
Morts de PEUR,
ils regardent
autour d'eux.
Des MONSTRES
redoutables
hantent
leur esprit...

– RENTRER AU PORT?! rugit le capitaine Barbemauve. Poltrons! Chacals! Je vais vous faire subir le supplice de la cale! La SEULE chose qui devrait VOUS donner la frousse, c'est MOI, bande de marins d'eau douce!

antés par des visions de MONSTRES et d'HORREUR,
les matelots décident d'aller au lit de bonne heure.
Cette nuit-là, la cale résonne jusque très tard des cris
des pirates en proie à d'affreux CAUCHEMARS.

Sur le pont, en revanche, le capitaine est d'humeur JOYEUSE. Il rêve à SON trésor, ses bijoux, ses pierres précieuses...

– OR ou ARGENT, au fond je m'en fiche, pourvu que ce trésor me rende très, très RICHE!

Le lendemain matin, les matelots sont inquiets.
D'après eux, c'est presque sûr, l'équipage est incomplet...

C'est alors que le violoneux leur dit :
— SI VOUS AVEZ TROP PEUR, DÉPÊCHEZ-VOUS
DE RENTRER. À PART LE SCORBUT ET LES VERRUES,
VOUS ÊTES FORTS ET EN BONNE SANTÉ.
CE SERAIT PLUS PRUDENT DE VIRER DE BORD.
ÊTES-VOUS BIEN SÛRS D'AVOIR BESOIN
DE CE TRÉSOR?

— PARBLEU! s'exclame le capitaine Barbemauve en riant.
Tu sais bien qu'un pirate n'a JAMAIS assez d'or trébuchant!
Et si une BÊTE nous guette, qu'elle fasse donc ATTENTION!
Je SENS déjà l'or! Trésor à l'horizon!

Au même moment, un grand cri retentit
du haut de la vigie...

TERRE
EN VUE!

– HOURRA! crient les pirates en oubliant tout danger, maintenant que le trésor est ENFIN à leur portée.

Trop pressés pour écouter
les dernières paroles du violoneux,
ils accostent sans remarquer
quelque chose de curieux...

— UN BEAU JOUR, ALORS QUE JE NAGEAIS DANS L'EAU,
J'AI VU UN BATEAU PLEIN DE **PIRATES**,
SEUL AU MILIEU DES FLOTS!
TAM-DILI-DAM, CE **REPAS** EST POUR MOI!
TAM-DILI-DAM, IL N'ATTEND QUE... MON ESTOMAC!

Terre Minator
Clairmont
Saint-André
Port intérieur
Port-Royal
Baie du Taureau
Baie de la Vache
Pointe au Sabre
Baie des Violons
Cap Croquant
Cap Verbomé
Baie de la Demi-Lune
Cap Embrumé
Dunes du Scorbut
Baie du Singe
Baie de la Baleine
Cap Poisson
Baie du Pic
TRÉSOR
à l'horizon!
Haaa! Grrrr!
Y a d'la houle